山姥

鶴見和子

歌集

藤原書店

序

鶴見俊輔

数日前、京都大学名誉教授（と書くといやがられるかもしれないが）の松尾尊兊氏から電話があって、図書館でおもしろい本を見つけたからと、今日、自転車でそれを私の家まで届けてこられた。

井上準之助編『太平洋問題』（日本評論社、昭和二年十二月刊）。

この本をお借りすることができて、私は、鶴見和子最終歌集へのあとがきを書きはじめることができる。

というのは、私の両親が、姉と私とを伯父夫妻にあずけてハワイに行った年が特定できるからである。一九二七年七月、和子九歳、私が五歳の時だった。

いま残っている和子のおそらく最初の文章は、このとき、母親にむかって書いた、弟が言うことをきかなくて困るというしらせである。

九歳の和子は、日本語の文章を書いた。伯父の家とはいっても、自分の家とはちがう行儀が必要とわきまえていた。長女として、弟の行儀にも自分が責任をもたなくてはならないと考えていた。

長女の責任ということは、八十八歳で亡くなるまで、彼女の心にあった。

一九四一年、日米戦争が始まった。私は、合衆国政府からの問いを受けて、この帝国主義戦争について、米国、日本国のどちらをも支持しないと答えて、やがて、三ヶ月後、連邦警察にとらえられた。はじめ、東ボストン移民局に置かれた。そのころは、敵性外人の旅行は、許可制になっており、その手続きを取って和子はニューヨークから会いに来た。

私の下宿は、つかまった時のままになっており、その部屋の片づけを、ケムブリッジ在住の都留重人夫妻、山本素明と共に、姉がやってくれた。下宿の女主人はエリザベス・ラッセルと言い、おそらくこの人への支払いをも姉は受けもった。敗戦後に私をたずねてきてくれた米国人によると、女主人は私について悪いうわさを決して述べなかったと言う。

つかまった時、連邦警察は、私自身の柳行李を使って、そこで手に入れるだけの自筆原稿をもっていった。そのため、留置場では、学問とはきれいさっぱり手の切れた毎日だった。だが、ハーヴァード大学の哲学科教授（ラルフ・バートン・ペリー）は、警察と交渉して、書きかけの論文を、留置場内の私に戻してくれた。

留置場まで私に会いに来た和子は、この論文を牢内で書きついだものを、彼女の親しいタイピストにたのんで、手書きからタイプで印刷して、ラルフ・バートン・ペリーあてに送る手配をした。

こうして私は、ハーヴァード大学通学二年間、留置場で半年という身分のままで、一九四二年六月十日、欠席のまま、卒業することができた。卒業式の日、私は日米交換船で、ニューヨークを離れた。

日本に戻ってからの和子と私の暮らしのかたちはちがった。和子は、女であるから、徴兵されない。太平洋協会のアメリカ分室にいて、アメリカ研究をつづけた。私は、アメリカをでるときは十九歳だったが、二ヶ月半の航海を終わって日本についたときには満二十歳になっていて、東京都の最後の徴兵検査に行った。すぐさまの徴兵ではないが、第二乙種として、召集待ちである。自分なりの工夫で、その間に、ドイツ語通訳として海軍軍属を志願し、ジャワ島バタビア在勤海軍武官府に送られ、大本営発表に載ることのない、敵側の放送を要約する新聞をつくっていた。やがて胸部カリエスがはじまり、二度の手術をへて、一九四四年十二月に内地に送還された。

この間和子は、もとのマルクス主義の立場をかえず、日本の学問の隅に、戦争万歳を筆にしないひとがいることを見ていた。その人たちが学会誌に発表した論文を、私に手渡した。もとからの知己である都留重人、武田清子にくわえて、武谷三男、渡辺慧、丸山真男である。これらに和子自身と私とを加えたのが、『思想の科学』創刊当時の同人となった。

このように、私の誕生から二十三歳で戦後に入るまで、四歳年長の和子は、私に長女としての世話をやきつづけた。

日本とアメリカとでは、長女の役割はちがう。和子は、日本の社会習慣で長女が自分の責任と感じるとおり、私への役割を果たした。

その間、食事をつくったり、引っ越しの世話をしたり、彼女の世話になったことは枚挙にいとまがない。

弟として、私が彼女に返したことは？

ないと言ってよい。


鶴見和子は、宇治市の京都ゆうゆうの里で八十八歳の生涯を閉じた。脳出血後の十年にあまるこの老人施設の自分を、彼女は「山姥」と呼んだ。

八十八年の最後の十年、彼女はこれまでの学者としての文章を、九巻の著作集として刊行し、それぞれを読み直して、巻末に現在の自分から見たあとがきを書きくわえた。それは、身障者から見た近代文明の姿であった。これは、ダルマに眼を入れる仕事だった。

また、彼女が話相手になってほしいと思う当代の碩学との対話を、それぞれ一巻の対話の本にまとめた。これもまた十巻になる。

そして最後に、少女期に出した歌集『虹』に続いて、『回生』、『花道』、『山姥』の三巻を出した。

脳出血以後、幼いころ彼女の習った日本舞踊と和歌とが戻ってきて、彼女を助けた。身体不自由になってからの重心の移動のコツは、幼いころから学んだ日本舞踊の転生であり、生きるリズムとして歌をとらえる見かたは、紀貫之以来の日本の詩学の復活である。

長命の学者は多くいるが、和子のように晩期に入って詩学と生きかたとの交流をとおして自分の学問に新しい境地を開いた人は少ない。また自分が身障者として、老人として生きることが、この国の平和のための戦いの一翼を担うことになるという自覚をもってもいた。

彼女は、味わいについて天分をもった人だった。このことは、学者というものは料理するのが下手だろうという社会的偏見にわざわいされて、広く知られてはいないが、彼女は自分で料理することもたくみだった。味わうということにかけては、亡くなる直前までたのしむことができた。

彼女の看取りは、ゆうゆうの里の職員のお世話になっている。肉親としては、妹、内山章子とその娘たちの金盛友子、小西道子、私の妻の貞子があたった。和子は、山里の自然の中で四季を楽しみつつ、山姥の生涯を終えた。お世話になったかたがたに御礼を申しあげる。

和子の生前、そして死後、彼女の著作を出しつづけてくださった藤原書店のかたがた、社長の藤原良雄氏に、感謝します。

佐佐木幸綱氏から解説をいただいた。朋子夫人とともに和子の歌を読んで選をされた。和子の十代の恩師から三代にわたる薫陶を受けた。めずらしい詩歌とのつながりに感謝する。

二〇〇七年十月一日

鶴見俊輔

歌集　山姥

もくじ

歌集　山姥

熊野原生林を歩む

山姥の白髪《しらが》といえる苔いくすじ滝壺の風にたなびきており

山姥われ　よし足曳きの山巡りいづくの雲に消えんとすらん

ゆくりなきよく邂逅を重ねつつ八年を経たる我が山巡り

熊楠が蘇苔《こけ》をもとめて踏破せし原生林のけもの道ゆく

熊楠の「足跡考」を思いつつ熊野の山のけもの道ゆく

橋もなき山の流れに足濡れて熊楠の穿《は》きし草鞋《わらじ》を思う

甕《かめ》に挿す花はしぼみて葉ざくらの枝先あわく萌えいづる朝

籠りいて花見をせよと友どちの給びし桜の蕾咲きつぐ

梅椿桜の枝をつぎつぎに友ら持ち来てへや明るめり

熊野なる三の滝までたどりゆき山姥の白髪たなびくを見ん

一九九九年

介護者と共に倒れて真夜中に腰強く打ち最後と思う

ゆらゆらと立ち上りやがてよろよろと歩き始めぬふり出しに戻り

大いなる仕事果しし心地する十メートルを無事歩き終え

真夜中に電話二三度鳴りひびき波調乱れて寝ねがてにする

半身に吹きすさぶ台風のり越えんと萎えたる足に全力を籠む

気がつけば右手放して立っており香三度び焚き礼《いや》する間合い

二日一夜降りしきる雨はたと止み朝日に紛う入日かがよう

おのがじしさわりをつけて老鶯の歌い競える梅雨晴の杜

長澤智美さんのインドよりの便りの絵葉書を見て

グジャラータの塩田に棲む女人《おんなひと》絢爛豪華の刺繍はぐくむ

二〇〇〇年

古《いにしえ》の豪族の名を冠せしという栗隈山にミレニアムの初日

ひらめきしまま捨ておける小さき想《おもい》ことばとなりて甦りくる

その日その日歩く稽古す残されし短き刻《とき》をよく生きんため

二〇〇〇年一月二十七日〜二十八日、朝日賞受賞のため京都と東京を往復する

これがもう最後と思う新幹線三たびゆききせり雪深き日に

心配と世話と迷惑人にかけなお生きている甲斐あらしめん

朝日賞授賞式挨拶

三分の挨拶に我が一生《ひとよ》かけてなさざりしこと言外に籠む

綿引まささんの朝日歌壇賞受賞

今は亡き国分一太郎とよろこびをともにす友の歌壇賞受賞

きもちよく踊りおどりて目覚むれば一本足の我案山子《かかし》なる

片や雪片や光れる雲間より思案顔なる早春の空

自室と隣りあわせの奥西孫市氏はアララギ派の歌人

その日その日おなじ景色を眺めつつことなる歌を詠みあう仲間

＊＊＊

うぐいすの初音ききたる弥生二日紅梅のさかり告ぐる人あり

未だ呼吸《いき》をしていることの不思議思う倒れて後に五年経し今

幾たびか死にそこないし怠けもの日日節句にて働きつづく

しめきりの迫れば恋し詠草をもちて通いし西片町の道

＊＊＊

朝ごとに滑らかになる鶯の声に習いて運べ我が脚

＊＊＊

きょう保名《やすな》あすは弱法師《よろぼし》もの狂いの足どりつのる梅雨入りの我

移し植えし茶の木のみどり降りそそぐ梅雨のうれしさ足は痛めど

うぐいすの声澄みまさる杜にして片言まじりの山ほととぎす

活版屋の小僧のぬしと笑みませる詠草の文字今も書きおり

泰山木若木なれども大輪の花五つ咲きおおらかに見ゆ

南方文枝様昨夜ご逝去のしらせ田辺の顕彰会よりあり。弔電を打つ

熊楠がこよなく愛でしみ庭べの安藤蜜柑もぎて給いぬ

熊楠の書庫を守りて探究のひたむきに道を照らし給いき

高山寺のおくつきどころ父君とともに見まさん神島《かしま》の森を

熊楠がお花と呼びて育てたる亀の曾孫を育て給いき

熊楠が生命をかけて守りたる神島の森に波打ち寄する

熊楠父子

十九世紀自然科学の論証とて曼陀羅の謎解きし熊楠

熊楠父子かがよいまされアラスカの大氷原に沈む日のごと

アラスカの大氷原に沈む日の沈みてのちの空のかがやき

女性《にょしょう》なれど熊楠の面輪《おもわ》凛として受けつぎし人南方文枝

曼陀羅は科学論理とひらめきて謎解きをせし南方熊楠

＊　＊　＊

なお生きてあらば来る年茶を摘まん梅雨しとど降れ庭の茶の木に

それぞれに都合よき見立て競いあう玉蟲いろの選挙の数字

いつどこで誰《た》が創りしや車椅子新しき我が生拓り開く

新しきリハビリテーションに救いあり我症例となりて試さん

離《さか》りゆく台風二号足に手に瞼につよき痺れ残して

会社やめて樹医にならんとリハビリに励みし人のいかがおわすや

一日を泣いて暮すという人にうつしてあげたい我が笑い病

微小《びしょう》宇宙我《われ》大宇宙とひびきあい奏でる調べ日日新しき

葭切

窓いっぱい簾を垂れて三年《みとせ》目の夏を迎うる宇治のかくれ家

きりきりと冷気を斬りて葭切《よしきり》の来鳴くを聞けり八月一日《いっぴ》

待ち侘びし葭切をききてこの夏はすこやかにこそ過さんと念ず

幼き日信濃路にききし葭切を終《つい》の栖《すみか》の宇治に来て聴く

山の水涸れしにやあらん葭切の声の途絶えて今朝も明けゆく

国人《くにびと》は等身大の首相しか持ちえぬものか選挙終りて

等身大の首相をもてる悲しみをかえりみて思う我も国人

＊
＊
＊

戦時《いくさじ》に母が着しもんぺの紺絣　今甦り娘《こ》の身を守る

はなみずき臙脂《えんじ》をさしてななかまど朱の実をつけ待ち侘びる秋

一九四二年六月第一次交換船にてアメリカから帰国の途次、ローレンソ・マルケスにて
日本から氷川丸で送られたアメリカ人捕虜とグリップス・ホルム号で送られたわれわれ
日本人捕虜は交換された

ローレンソ・マルケスに見しカメレオン戦日《いくさび》を人もかく生き来しや

大き輪を描きつつ舞い降りてくる鳥の心地に夢覚めし朝

まっ青なかめむし一匹見つけたりカメレオンの青を想起せしむる

贈られし長野青森山形のりんごの味のちがう愉しさ

ひと言も言葉交さぬ人逝きて逝きたる後に面影の立つ

＊＊＊

眠れない食べられない歩けないそれでも死なず暑さゆるびぬ

右脚は過用症候左脚廃用症候立ちすくむ我

みんみん蟬つくつく法師油蟬大合唱す熱風に向い

新涼は名のみにて暑き日日募り低くなりゆく琵琶湖の水位

空色のグラスかたむけうま酒を味わう心地水飲みており

歳月をかけて地球の底深く醸されし水芳醇の水

夜半に覚め十五夜の月煌煌ときらめくを見る雷雨去りし天《そら》

近代化とは人間を自然からひき裂く人間にとって traumatic experience だという夢を見た

自然からひき裂かれたる人間を貴しとなす近代化あわれ

欧米の近代を超ゆる道説きし横井小楠幕末の人

蔓桔梗《つるききょう》壺にさしたる蕾のび咲きつぐ花の日々新らしき

毿れてのち覚えし木の名花の名を数うれば友のふえたるがごと

新潟県警事件と国家公安委員会に関する国会中継をきいて。国家公安委員の任命権者は誰かという民主党の質問に対し保科国家公務委員長は国家公安委員会と答え、そうすれば委員長であるわたしが責任者ということになるが、警察法をよむとそういうことにはならないと答える

「無責任の体系」といいし丸山の構造批判今ありありと

新潟市で少女誘拐・監禁事件

人攫《さら》いに怯えしころの少女なりし我が身代りか新潟少女

初燕わが寝屋に来て手にとまりともに夢みる身じろぎもせず

ロンドンの土産にたびし紅茶の香宇治の抹茶の菓子となじめり

雷鳴に雹《ひょう》窓を打つ夜半にして疾風《はやて》のごとく我が眠り来る

回想のメキシコ・ミチョアカン

メキシコは男のかむるサンボレロ女かずきて宇治に茶を摘む

女みななべて黒きストールすっぽりとかずきて町の日照りを歩む

インディヘナの黙々と町をゆく抵抗のいろ黒きストール

我もまた黒きストールあがないてかずき歩めば心安らぐ

明けやらぬ町にバスから下されてグアダルーペのマリアに祈る

サンボレロかむりし我をアメリカの帝国主義者と男ののしる

＊＊＊

国会にて「だまれ」といいし戦時《いくさじ》の軍部思わす日曜討論

熱帯夜灼け痺れたる食道に滲み通りゆく目覚ましの水

大輪のクリーム色の花オクラ今朝咲きしという生命いただく

猛々しく低くなりゆく足病むなり台風の三つ並びて襲いくる朝

人間の悪行重ねし報いぞと異常気象の苦しみに堪ゆ

舞踊家・西川千麗

海越えてポーランド人《びと》の胸に落つ西川千麗の舞う「よだかの星」は

ポーランド語の語り地謡《じうた》に夢幻能「よだかの星」を舞いし千麗

クラコフにワルシャワにひびく人類の魂《こころ》の叫び千麗の舞

五年目の我が命日のめぐりきて二十世紀は暮れなんとする

同じ日に生れし人あり死ぬるあり輪廻を想う我が五周忌に

杉木立黒きが上に金色にかがやきまさるくぬぎひともと

千年の平和を希い仰ぎ見る空に雲なくしろがねの鳥

新しき世紀を迎えアメリカの新政権の顔ぶれ険し

映画「元禄繚乱」

大江戸の世直し一揆のはしりとて忠臣蔵を見る面白さ

封建の世にありてさえ民衆の世論侮りがたきを思う

年の瀬を心静かにすごさんと喜びごとを我に秘めおく

二〇〇一年

五七五七七のリズムよみがえり新しきわが生命《いのち》開きぬ

片手もて顔を洗えばひそやかに水の音する朝のしじまに

ものなべて床に落して拾いあげまた落しては一日暮れゆく

亡き人の小袖を落し抱《いだ》きあげまた落す保名《やすな》今ぞ舞いたし

引力にあらがう力よわりしかりりんご落して老を覚れり

＊　＊　＊

六十年へだて悪夢はよみがえるパール・ハーバーの犠牲人《いけにえびと》ら

鶯の初音をききて七日へしこの夕暮に粉雪の舞う

降りしきる雪のはたてをまかがやき沈みゆく日にま向いており

瓶《かめ》に挿す紅梅の蕾二つ三つほころびており今朝は日曜

一切の延命処置はおことわり書きのこしおくいまわのことば

＊
＊
＊

上調子《うわちょうし》斑鳩鳴くなりのびやかに鶯鳴ける杜の上空《うわぞら》

「中世の僧院」なりしプリンストンついに女人を学長とせり

近づいてきたねと彼のいいしこと思いつつヨハネの黙示録よむ

老い先の短きことをこの上なき仕合せと思う国のありよう

＊＊＊

声は聞けど姿見ざりし鶯の眼《まなこ》を閉じて我が前にあり

三色すみれの花陰にして鶯は眼《まなこ》を閉じて天を仰げり

小さきものの生命の終りひそやかに崇高《けだか》さたたえ人知れずあり

死ぬるとき悔いなき生を生きたりとことほぎてこそ死なめとぞ思う

思いのたけ歌いつくして我死なんうぐいすの終りしずかなるごと

晴《はれ》の日の近づく予感ひしひしと胸ときめきてその刻《とき》を待つ

その刻までなすべきことをなし遂げんと机に向い日日精励す

＊＊＊

二月十日、米原潜にハワイ沖で衝突された実習船えひめ丸沈没、九名行方不明

宰相は喜劇役者かつぎつぎに台詞仕草は奇想天外

海底六五〇メートルにえひめ丸の船体発見、九名の手がかりなし

陸にいて寒さ厳しきとき海の底六百メートル凍てつくならん

内藤道義さんの長男、内藤誠治君のご結婚を祝いて　二〇〇一年四月八日

はしきやし妻を迎えて祇園なる匠の技のいよよ華やぐ

＊＊＊

久しぶりに明るいニューズ韓国の金大中《キムデジュン》はノーベル賞受く

金正日《キムジョンイル》とともに並びて受賞せば完《まった》き賞と言わましものを

日曜日さすがに愉し生業《たつき》とて勤むることのなき年齢《とし》にして

しあわせは心に充てり病む父を看取りし日日も我病む今も

正装して老女は問えりわたくしはこれからどこへゆこうとするの

幽霊がわたしの室《へや》に出るという隣の男《ひと》の真面目顔なる

空室は換気のためときどき開け放す

幽霊の出るという室《へや》は空室《あきべや》となりて久しく秋風通る

島博子さん沖縄より来訪

燃え尽きず死にたる人の苦しみを苦しみ語るその人の妻

島成郎を悼む

六十年安保の思想担いたる人沖縄に骨を埋《うず》めぬ

二〇〇〇年六月十日没
ブント私史生き貫きて医師となり島成郎は沖縄に死す

内藤道義氏より年ごとに除厄招福の嵯峨面を給う
巳の年の若女の面辰年の青鬼の面と並べ年越す

青竹の箸を給いて新しき世紀の朝餉青くすがしく

銀色の小さき鳥のかたちして雲なき空に飛行機一機

湿原の空に向いて鳴きかわす丹鶴の嘴《くち》淡き雲吐く

地球なる舞台の上に我という芝居を演じそれぞれ消ゆる

＊＊＊

人間は歩く動物歩かねばことば失い呆《ほう》けゆくのみ

健康な病人となり健康な死に至らんと念じつつ歩む

これが我が先の姿とおののきつかしこみて見る様様の老い

京ことばこれが最後の語学とて学び始めぬ八十路を越えて

おっ師匠《しょ》さんは京都生れの京育ち京言葉しかしゃべらへんおひと

＊　＊　＊

まっくらやみ息苦しさに目覚むればこれが最後と思う夜もあり

二か月ぶりに歩き始めぬ赤ん坊のよちよち歩きに似たるめでたさ

聖戦《ジハード》といい正義《ジャスティス》といい暴力は暴力を呼び果てしなからん

バーバラ・リー議員

アメリカの議会にひとり反戦の旗かかげしは女《おみな》なりけり

＊＊＊

それぞれの我が人生の季節ごとに出あいし人のみな懐しき

藍無地の羽織の花紋飛翔する我がトーテムの丹頂をおく

衣脱がす女《ひと》をののしりわめきたる老女しずかに湯舟にしずむ

爪先に手のとどくまで身を折りてしなやかにこそ一日始めん

ダボスにて薔薇いろの未来描くとき火の元を発す外務の司

緒方啓助さん撮影の写真を、神田春日堂の主人にたのんで気に入った額に入れた

別れのときの写真を紅塗の額に納めてこれで安心

郡上八幡の谷沢幸男氏より郡上紬のスカーフを給う

紫に緑青と白を織り交ぜし郡上の紬春風を呼べ

ひとすじに初恋の人を恋い恋いて八十路を超えし山形少女《おとめ》

別れ道いくつか超えてそれぞれに選びし道に悔いなかりけり

新しきリハビリテーションに出会わずばぼけ老人に終りしを思う

リハビリに別れ道あり生き生きと回生の道ボケへゆく道

遠野なる山姥は崖の辺に立ちて黒髪梳くなり夕日浴みつつ

遠野熊野山姥ふたりあいまみえ物語りせばおかしきものを

上田敏のリハビリテーション我が上に試さんと決しかくれ家を出《い》づ

内反せし足にしっかり装具つけウォーカーケイン持ち踏み出す一歩

冒険せねば呆《ほう》けゆくのみひたすらに死ぬまで冒険せんとぞ思う

一律におなじプログラム繰り返す軍隊方式呆《ほう》けゆく道

おのがじし目標かかげ禁断の扉あけゆく回生の道

著作集歌集対談つぎつぎに我が回生の道開けゆく

二十一世紀は呆けを作らず新らしき回生の道広めん人を

今日は保名《やすな》明日は静《しずか》その日その日工夫して歩く稽古たのしき

葭切も冷き葭の水飲みて鳴きつぐ声の今朝はすがしき

入退院くりかえしつつ体力はおとろえゆきてこれが最後か

冒険をせざれば呆けゆき冒険すれば心昂ぶり体調崩るる

我が力使い果して死にたしと机に向い日々精励す

校正など机に向い見てあれば足の痛みをしばし忘るる

双手もてなすべき業をなべてなす右の腕《かいな》に力瘤出《い》づ

我もまた自然の一部この夏の猛暑に足の痛み募れる

ひたすらに秋風立つを待ち侘びる猛暑に足の痛み募りて

去年《こぞ》給《た》びしシクラメンの花芽芽吹きたり窓辺におきて小春陽を当つ

はよう日が暮れますなあとくり返す老女の瞳闇を湛うる

これこそが生けるしるしと痛む脚に力こめつつ歩むよろこび

暴力に暴力をもて報いるほか知恵なきものか我ら人類

一瞬に膝くずれして魂のつま先にまでこもらざりしや

二十一世紀修羅の幕あけゆく末を見きわめんとて必死に生きる

よみがえる日を

U・S・AはL・Aによりにっぽんはアジアによりてよみがえる日を

地球温暖化

すいっちょとつくつくほーし輪唱す秋空のもとつづく真夏日

地球温暖化ひとごとならず足萎えの我《あ》を直撃す今年の猛暑

二〇〇二年

義妹《いもうと》が贈りてくれし電気毛布もこもことして朝冷え忘る

籠りいて足の痛みに耐えし間に我が棲む森は春陽《び》あまねし

焦点の定まらぬ眼《まなこ》凝らしつつ見る茶畑は春陽かがよう

窓におきしシクラメンの花芽紅さして三度の春を迎えんとする

春立てば佳《よ》き物語よむに似てよみがえりくる遠き日の想い

＊
＊
＊

一日中冷えこみ強く足痛みふと見る窓に雪おちており

暖房のリモコン最高にあげてなお痛める脚に窓の雪打つ

どっこも悪くはないとつぶやきつつああしんどああしんどという老女
ああしんど

柳瀬睦男神父、宝塚の修道院で一週間の黙想指導のかえりにお昼ごろからお寄り下さる

ひねもすを語りつくせず客人のへやにのこしし対話のこだま

底しれぬ哀しみを秘むるごとくなるビン・ラディンの瞳なにを告ぐるや

上野氏（医師・思想の科学社社長）二〇〇二年一月一日没
白鳥氏（教師・生活記録サークル）二〇〇二年二月二十八日没

上野博正　白鳥邦夫　つぎつぎに死せり日本は寂しくなりぬ

生きていてよかりしむかし書きし書のあやまりただす読者のてがみ

ここ数日のあいだにおひな菓子をいろいろな方から贈られる。
小さなテーブルの上に並べて手作りのおひなさまの前に供える

給いつる友らの面輪ならぶごと白雪草と胡蝶蘭《こちょうらん》咲く

星の眸はオオイヌノフグリの別名

春の陽に星の眸《ひとみ》はまばたきて丘一面の藍のかがよい

籠りいてもの書きつづくひたすらに脚の痛みをのりこえんため

着古るせるきもの上下に仕立て替えさらに継ぎあて死に至るまで

＊　＊　＊

群れて咲く蔓むらさきのまん中に花開きたるたんぽぽ一輪

ナース・コール押せども鳴らず俊寛の孤島死を思う暗夜のベッド

籠りいて面会謝絶ひたすらにもの書きて足の痛み忘るる

和久傳の弁当を手にあらわれし上野千鶴子の奇襲作戦

差異と差別ちがうちがわぬ論じつつ弁当を食む春の陽ざしに

＊　＊　＊

屈強な若者二人車椅子を抱《いだ》きて歯科の石段上る

歯科にゆきさいごに残った二本の歯を抜く

歯の抜けし山姥乗せた車椅子ゆらゆらゆらゆらと下る石段

八十年働きし歯よありがとうさよならをいい山一つ越ゆ

自作自演一生《ひとよ》の芝居ひしひしと終りせまりて終り見えざり

多田富雄氏

新作能「無明《むみょう》の井」こそ生と死のあわいに棲める我が在処《ありど》なれ

転倒し痛みつのれり大腿骨折れしや否や疑い惑う

気をたしかに保《も》てとはげます我と我ま向かいてあれ死に至るまで

走り梅雨今朝開きたる石楠花《しゃくなげ》の花の紅《くれない》霧に滲めり

リーヴィさんは今年五月二十六日に亡くなられた

わが恩師マリオン・リーヴィ逝きしこと今日にして知る星消えしごとし

＊＊＊

克明に描きておかんこれよりはひとり旅なる死への道行き

大腿骨稲妻のごとひび割れて激痛走る稲妻のごと

「心如水《こころみずのごとし》」と父の扁額の三文字に対す床上の我

さかんなる今朝の痛みに耐えよとてほととぎす鳴く杜の奥処に

あまりにも思いのままに生きて来し一生の終り痛みは恵み

形見なる小袖をひろいまた落とす保名《やすな》よ我は汝《なれ》となりしか

死ぬ前にも一度食まんと念じたる道喜《どうき》の粽《ちまき》今日ぞ給いぬ

給いつる水仙粽味わいて味わいつくしまだ生きており

＊
＊
＊

多田富雄氏の著書を読む

最後まで残れる欲は知識欲いまわに近く好奇心燃ゆ

こんなこと知らないで死なずによかったと昂りて読む『生命の意味論』

わかったかわからぬかしかとわからねど読みて愉しき『免疫の意味論』

絶え間なく「自己」と「非自己」がたたかいて変身すなり身の内の「自己」

絶え間なく変身すれどアイデンティティー保ちてあれば生きている「自己」

「自己」と「非自己」境なくなり壊れゆくその刻《とき》我は還る宇宙へ

雷は天をとよもし稲妻の指揮棒を振りシンフォニーおこる

天来の楽の音を子守唄とききき地に伏す我は夢見つづくる

＊＊＊

独房に入りしここちす病院の高窓に小さく曇り空見ゆ

ひとりではここから脱出できないと独房の空ゆ曇り空見る

手術は無事済みましたと医師の顔　俊輔・貞子・太郎の顔見ゆ

ふたたびの回生をめざし手術せし足に初心こめ立ち上りたり

入り口に我が名札ありああいまわたしはここに生きている

我が家にこんなに早く帰るとは思わざりしが帰りてのち病む

三月《みつき》まり歩まざりしかばいちじるく気力体力落ちたりと思う

＊＊＊

埋めし骨がポコリ飛び出す大惨事粗骨ものぞと吾《あ》を責むれども

西日射すこの室はもうたまらぬと退院の日を待ちあぐねいつ

山の家に生きてふたたび還るとは思わざりしを今ここに在り

椿の実油たっぷりたくわえて黄緑いろのつやつやの肌

伸びきりし夏草を刈れば心地よし窓ゆ入りくる一閃の秋

髪型は由井正雪となりし我おめかしをせず五月あまり

人の世に還るしるしと都よりエステの君を招く日やいつ？

八十路すぎてしゃれっ気残すおかしさは生けるしるしか鴉が笑う

川島とよ子さんが、お友だちが白洲正子さんのお庭からいただいたという
白雪草を鉢に植えてもってきて下さった

シクラメンしらゆき草胡蝶蘭給いし友ら面影しのぶ

シクラメン花の影より白雪草顔のぞかせるベランダの庭

おだやかに時は流るる車椅子と杖つく人のもう一つの世

蘇芳《すおう》にて染めし衣は五十年けみして我とともに枯れゆく

ゆえなくて怒れる老女ひたすらに詫びる山姥大芝居打つ

これよりは死に至るまで心象をつぶさに写す歌を遺さん

刻々に生命の終り近付ける他者《ひと》と我との相《すがた》さまざま

床上に歌集をよめばその人の心のひだに分け入るここち

＊＊＊

台風が来てもいつでもどこへでも飛行機で行きしころのわたくし

一九七九年十月、ユーゴスラビアでの国際会議「世界の変容における科学と技術」に参加

台風に翼破れてヒースローからのりつぎてゆきしベオグラード会議

一九九二年四月、ブラジルでのユネスコ主催「科学と文化」フォーラムに参加

アマゾンの入り口近きベレンにて出会いし貘《ばく》の丸き背細き眸《め》

背の高きエミューは広きくちばしを受け口に閉じほほ笑むがごと

貧しくて自由なところベレンにて文化と科学のかかわり論じき

こんなにも自由な国際会議には出たこともなしベレンの会議

女兵《ニュウピン》の服装《いでたち》をして町をゆく我にむらがり銭せがみし子ら

芝居小屋の舞台に木椅子とテーブルをおきて始めしユネスコ会議

＊
＊
＊

信絶えし遠き人よりおだやかなてがみとどきぬそのままにおく

我が娘《こ》をば母と呼ぶ人老いたれば頼れる人を母と呼ぶらし

こんなにもおいしいものであるものか半兵衛さんの汲みあげ豆腐

全身を拭い清めてよこたわる我にさいごに痛み走るや

パパンパンあられは軽く屋根を打ち雷鳴とだえシンフォニー終る

我が運命《さだめ》我が手にしかと握るべし手術はせずと自己決定す

痛む足にさそわれて仕事はかどれり呆けてしまえば生きる甲斐なし

ひとり居は寂しからんと人はいえ　ひとり居ほどに愉しきはなし

生きていることは愉しき死ぬためにおぼえておかんこのたのしさを

生きてここにかえるか否かわからねどなでしこ一輪ベランダに咲く

台風のなまぬるき風にベランダのなでしこ一輪ゆれやまずあり

ふたたびは二本の足に杖ついて立ち上れるとは思わざりき

我が去りし後のこの世に光あれ四十億年の生命遺して

妙法寺五山の大文字夏空に今燃えさかるを夢見つつ寝る

このままに意識うすれて死にゆけばうれしからんと思う日もあり

手術せし足直りしが脱臼し痛みつのりてまた入院す

どのような心象風景にて死にゆくかたのしみにしてその刻を待つ

痛む足に力をこめて立ち上り日々すこしずつ進むうれしさ

山の家はそよ風そよぎみんみん蟬つくつく法師鳴きつぎており

退院して家にかえれば信州の山荘に来しここちこそすれ

ごうごうと草刈る音はいとえども吹き入る秋にこころなごめり

四十億年の生命残して我が去りし後もこの世は輝きてあれ

天気予報嘘ばかりつくこの秋は涼しくなるといったじゃないか

オーシオスと鳴く蟬の声杜の奥ゆ生命のかぎり鳴く蟬愛し

雨に濡れた土の香りのただよいくる清しき秋のさきぶれの風

秋真昼ひと風呂浴びてゆかた着て冷き水を酒のごと飲む

＊　＊　＊

携え来し浮釣木《うきつりぼく》を壺に挿し茶をたてくれし宇治のお茶人《びと》

庭に咲きし山ふうせんと残ん菊送りてくれしゼミの教え子

うつむきてただ黙黙と夕餉食む山姥の卓暮れなずみゆく

病む脚に目覚めて思うアフガンの土の家なる病者やいかに

＊
＊
＊

この頭脳《あたま》しだいに鈍くなりゆくは高齢にあらず骨折のため

ＣＴスキャン変化なけれど我が反応鈍くなりしを我のみが知る

この庭に子連れ狸のあらわるるときけど子猫の鳴く声ばかり

子連れ狸が芝居するにはちょうどよきしつらえならん秋のこの庭

夜も昼も半分眠っているような薄呆けの我となりゆくたのし

左肩亜脱臼し左大腿骨は脱臼しこれでも生きてる人体なるや

亜脱臼に脱臼を重ねし左半身この人体の生きている不思議

南島のマンゴーとパパイヤのジュースと萎えたる足をしかと立たしむ

藤原良雄さんから沖縄シンポジウムが大成功であったこと、
その後西表島から水牛に乗って由布島に渡ったことをきく

由布島は小さき島にて水牛で渡りしと聞く乗りごこちやいかに

手も足も痛みつのれば魂冴えて佐佐木幸綱の歌通して読めり

鈴虫のひねもす歌う我がへやに我はひねもす歌読みてあり

居心地よき山の病院ふてぶてしく四週間も居坐りており

院長も看護婦もこころやさしくて心地よきかな初秋の風

仕事を禁じられたるしあわせは夜よく眠り昼夢ごこち

立つことも坐ることさえ人に頼る我が身体となりしいら立ち

この足が歩きたい歩きたいという　立ち上ることやっとの足が

病むことも生きる歓び身体は日々新しき痛み味わう

今日からは十月なるに「夏日」とてまだ単衣《ひとえ》着る野暮なわたくし

かえり鰹たたきを食めば加賀の酒信州の酒の香り恋しき

虫となりしカフカは我にあらずやと病室の壁のしみを見ている

もがけども起き上がることあたわざり人々寄りて抱きおこしくれぬ

セラミックと電動おろし器　一本の大根なれどあじわい二ツ

下の句のまっしろな歌わが歌なりわれの頭をまっしろにする

われもまたいつならんかとさまざまのいまわの姿かしこみて見る

未明、原努さん（京都ゆうゆうの里）が亡くなられた

舞茸の香り高きを贈られてスープを作る気力生れくる

信綱大人《うし》はよき裔を持ちたまいけり　み志《こころざし》を展《の》べてさやけし

死者の数も死因の数もふえつづく二〇〇二年の地球暮れゆく

想いおこす

戦争法外追放[1]にくみしたるジョン・デューイの「世界政府論[2]」

(1) ケロッグ＝ブリアン条約(一九二八年) 不戦条約
(2) John Dewey, "On Membership in a World Society" (『思想の科学』一九四六年八月号)

国のすることやおそろし戦争は人を殺して正義とぞ名のる

よみがえり

志高き人らはあいつぎて去りて寂しき日本となりぬ

このくには寂しくなりぬひとたびは死したる後によみがえるため

分類学

蟇《ひきがえる》じっと見ていし太郎君決然と言う「犬と思うよ」

人類の分類癖《へき》か幼児《おさなご》は驚きをもて種を同定す

熊楠

「山姥の白髪」は苔の名

山姥の白髪たなびく熊野なる三の滝壺めだか泳げり

熊楠はよき妻を持てり盆がくれば書庫を開きて眼鏡さし出せり

二〇〇三年

ずるずると車椅子より滑り落ち雲間にちらと青き空見る

仰向けにひっくりかえりし虫の如もがきもがけど起きるあたわず

人ら集い我《あ》を抱き起し椅子にのせたり人びとの力われを生かしむ

鶴は我がトーテムなれば飛翔する丹頂の鶴を我が花紋とす

二〇〇三年新年会の枡酒を一口飲みて生命いただく

酒飲みが酒の飲めない悲しみを払いのけたり回生八年

初夢に英文のしごと入り来ぬ今年はどんどん仕事をせよと

新しき電池測定器血圧を限度まで上げて殺人器とや化す

＊　＊　＊

遠き日に燃えしことあり遠きよりしずかなるたよりともに老いにき

今にして思えばこれでよかったと負け惜しみでなくこれでよかった

ぴくぴくと生きたる魚がいるごとし痙攣やまずわが股関節

幼児のおもちゃなれどもマジックハンド身障者われの得難きたから

マジックハンド六つへやにおき落しものひろいひろいてひと日暮れゆく

拉致といえば強制連行思わずや我がこころには重なりて見ゆ

多田富雄氏の新作能「望恨歌」

拉致されし人と家族の苦しみと重ねてぞ読む「望恨歌《モンハンガ》」の舞

強制連行に夫を失いし朝鮮《からくに》の女《おみな》の恨《ハン》を描く能「望恨歌《モンハンガ》」

共に生きる道を探らん朝鮮《からくに》人と我が国人は苦を共にせり

日にひとつりんご食まねば気のすまぬ我が習《さが》は父に給わりしもの

りんご刻みアリス、アリババ、ガリヴァーと名のりて我に食べさせし父

＊
＊
＊

信綱大人《うし》は活版屋の小僧のような文字といいつつ読み給いけり我が詠草を

先生をしのびつつわれ活版屋の小僧の文字を今も書きおり

松永白生職員、キャラクターを自演。前髪をななめにきりて左からみると少年、右からみると少女のすがた、前から見るとベレー帽をかぶった青年

髪型を変えし青年に老人《おいびと》ら声あげて笑い夕餉はじまる

雨の日もコーヒー店に車椅子にて通いし人は突然死せり

さわやかに左手をあげて礼《いや》したる風姿しのびつつ焼香をせり

＊
＊
＊

給いつる城陽の梅大津の梅わがへやぬちに春の香ほのか

五年目の春を迎えし胡蝶蘭つぼみ十一持ちしうれしさ

二月十九日、後藤新一氏没

後藤家の嫡男と生れ跡を継がず生きつらぬきし新一を讃う

信州の農高教師の生涯を生き貫きし後藤新一

サダム・フセイン呪いことばのひびきあり大統領の口出《い》づるとき

核兵器廃絶の手本まず隗より示さば地球に平和来《きた》らん

死ぬることたやすからじと思うなり終の相《すがた》のおのがじしにて

終《つい》の日日延命処置はおことわりと医師《くすし》に文を書きて安らぐ

＊　＊　＊

天変地異起る兆しか鶯の初音もきかず燕とびかう

雨に煙る杜の奥処ゆケキョという鶯の半音《はんね》ききしうれしさ

窓を開き耳を澄ませど鶯の声はたと止み雨降りしきる

白く固き芍薬《しゃくやく》の莟《つぼみ》開きたり朝明けの光芯より射して

大石芳野氏よりきく

「誤爆」にて撃たれし腕の傷痕をカメラに向けしというカンダハルの女

たゆたいつつ来る春を待つ二分咲きの庭の紅梅と我が痛む脚

まかがやく夕陽の上に鯨雲ぬくぬくと浮く口開けしまま

敗戦後接収されし父の家今イスラムの教会となる

仏教の寺とおくつきもとのままにイスラム教会並び立ちたる

電気毛布にくるまりてなお痛む足に難民キャンプの病者を思う

電気毛布にくるまりてなお足痛む春立つ朝の強き底冷え

初午の日に越後獅子踊りにき徳太郎師匠世にいますという

倒れてより異形のものとなりし我明石海人《あかしかいじん》の歌こころにひびく

虫よりも弱きもの我虫なればしばしもがきてやがて飛びゆく

ブッシュが四十八時間以内にサダム・フセインと二人の息子が国外亡命しなければアメリカはイラクを先制攻撃するとテレビを通じて演説

血走りし大統領の眼なり頭の中はいかにあるらん

羨しとて見らるる身より憐れまるる今の我が身で心安けれ

堪えゆけばライオンが羊になるという三月をわが脚よ生き抜け
March comes like a lion, and goes like a lamb.

諸葛菜《しょかっさい》の紫の花咲きつぐをベランダにおき日毎眺むる

練馬なる我が家の庭に咲き満ちて諸葛菜の花今いかならん

諸葛菜の花紫に茹であげて客に供せしこと思い出《い》づ

書家の篠田瀞花《せいか》さんが、わが歌を書にして下さった

わが歌に魂をこめ給いつる篠田瀞花の「凜」とせし筆跡

イラク戦争始まる

爆音は襲い来りぬ病む足の痛み募れる我イラク人《びと》

イラク市民への空爆はわたし自身に向けられていると感じとることのできる
重度身体障害者のわたしのしあわせだと思う

爆音は我を襲い来病む脚の痛み募りて狂えとばかり

病院を撃破せしというニューズききて我が病む脚はいづくに飛ぶや

病む脚の痛みに堪えて生死《いきしに》の境にあらんイラク人思《びと》う

巻き戻しのフィルム見ている心地せり「解放」という名の侵略戦争

爆撃の火煙は見ゆれ撃たれゆく人間の顔見えざるテレビ

小田原の満開の桜一枚をさくらもちに添えとどけくれし友

人を殺し地球を壊し罪とならぬ国というものおそろしきかな

ことばが持つ本来の意味がすべて逆になるのが戦争というものなのか

文明という名の野蛮　人を殺し地球を壊し誇らしげなる

その轍を踏まざらんため「ローマ帝国の没落」を読むというアメリカの友

金持ちは金持つままに貧しきは貧しきままに黒木綿のストール被《かず》き道ゆく女

現在の小英帝国バートランド・ラッセル亡きを悲しみており

五月三十一日、多田富雄さんとの往復書簡『邂逅』出版

山巡り八年をけみしいみじくもよき邂逅に心ときめく

粘菌生うる原生林に坐りたる熊楠はまんだら図絵をあたまに描く

粘菌におのれの相《すがた》見極めんと一生をかけし南方熊楠

微生物からいろんなものになり変りヒトとなりたる我が生命誌

花となり木となり蟲となり得るは遠つ世からの残像のゆえ

ヒトの次はなにになるかはしらねども塵泥となりてひとめぐりせん

後藤健蔵さんが麻布の父の家の現在の写真を数枚送って下さった。この家は一九三四年に完成して、わたしたち家族（父母・俊輔・章子・直輔とわたし）が十五年戦争中の一九四五年に疎開するまで暮らした

今は亡き父母の家生きのこり人類のゆくえ見守りゆかん

川島とよ子さんより琉球月見草とむらさき露草をいただく。
むらさき露草は一日花といわれたが、藍露草の一時間にくらべれば生命はながい

一日花《いちにちばな》そのあえかなる朱鷺《とき》いろの琉球月見草三日咲く

くれないの石楠花《しゃくなげ》小花一日一輪咲きつぐを見て数う我生命《わぎのち》

石楠花の小花十五は咲きそろい梅雨のはしりを生命かがよう

自らの力でベッドに起き上り おどろいている枕辺の薔薇

六・一五

かのおとめ今世に在らばと想う人らしずかに集う議事堂門前

白南風《しらはえ》の風にあおられ大輪の泰山木の花咲き光る

北川婦美さん（京都ゆうゆうの里、洋裁の先生）、寝たきりとなる

お花見に連れてってちょうだいと歌うがに宣《の》らせし女《ひと》の声を忘れじ

親電話子機二人連れファクス連れにわかに家族ふえたるがごと

山形蔵王山麓会田さくらんぼ園

俳句詠む八十路女《おみな》の育みしさくらん坊に魂こもりおり

昨夜《よべ》喫みし眠剤一粒残りいて今日の一日は夢の中なる

人間の踊りの本の校正を見了りし我が見たる極楽鳥の求愛の舞

細き脚を交互に組みて翼ひろげバランス保つ絶妙の舞

山葡萄の原液をうすき紫のグラスに飲めばほろ酔いごこち

むしむしとむし暑けれどひやひやと冷えこむ日日を生きがてにする

大文字の終りてなおも長梅雨の続くが如きむしむしひやひや

梅雨晴の真昼間いつしか車椅子に居眠りて遠くほととぎす聴く

＊

＊

＊

いにしえの水銀測定器心安く愛する我はむかしびとにて

亀虫は人間に勝るやひっくりかえりもがきもがきてやがて飛びゆく

車椅子にシートベルトをとりつけて心安らぎ空ゆく心地

「貴妃酔酒」

楊貴妃と銘うてる月餅食みおれば梅蘭芳の貴妃眼のあたり

梅雨明けの薄茜空ひぐらしの鳴きしきる声ひじかいており

黒田杏子さんより藁でくくった山形県の手焼きせんべいをいただく

最上川渡し賃なりし六文銭藁に束ねてせんべいとなる

三途の川渡らんときの料《しろ》にせん藁に束ねし手焼きせんべい

田んぼ川雪解けを待ちて萌えいでし芹《せり》を摘みきて食べし日を想う

猪も鹿も棲むという七沢にわれ住みつきて山姥となる

藍鼠《あいねず》の郡上紬に朱《あけ》の衿かけたるままに書きおきぬ旅装束と畳紙《とうし》の上に

左半身痺れてやまぬうつし身われ痺れ完《まった》き終り迎えん

辞世の歌二三首詠みて安らげばいよよ燃え立つ残んの生命

燃えつきて死なんと願いよくしゃべりよく書きよく笑う日々

歌の友らおとないくれしうれしさに　痛み忘れてしゃべりつづける

十時間いねて八回目を覚ます　この暑き日々を生きがてにする

＊
＊
＊

氷嚢と氷枕は古語となり今様にしてアイスノンと呼ぶ

アイスノンにて脳天をひやしかろうじて眠りにおちる熱帯夜かな

真夜中につめたき水を飲みおれば地酒のごとき喉ごしのよさ

明け方の森ゆ吹きくるそよ風を吸いこみて今日はすがしく生きん

曇り空に赤とんぼ一羽飛ぶを見つ待ちあぐねたる秋を運ぶや

すこしずつ仕事の終り見えて来ぬ燃えつくせ燃えつくせ残んの命

身障者の我とはなりて魂をとりもどしたる心地こそすれ

ひとりゆきふたりゆき　三人《みたり》ゆきて　このテーブルに残るさびしさ

「お休みなさい」と我がいえど反応もなかりしとなり人　今朝はもう亡き人となりたまいき

宇治川の桜も見ずに逝きし人を来る年の春なつかしむらん

宇治川の紅葉手折りてとどけくれし隣室《となり》の人は歌を詠む人

年ごとにまみえし庭の紅葉六つ見納めかとて送り来し友

岡部伊都子さん

岡部ぬしのみ庭の紅葉朱《あけ》錆びて六葉を黒き蒔絵《まきえ》盆におく

田中武作、南方熊楠曼陀羅図

曼陀羅図ひらめきし刻《とき》熊楠の眼のかがやきを映したる版画

熊楠のおのれ探しというべかり一生をかけし粘菌研究

代代かけていまだにわれら果さざりおのれを知れというデルフィのお告げ

手足萎え眼は霞みゆくわれにしてなお生きている甲斐あらしめん

生きているうちにおどりの本を書きゲラを見終り今宵は満月

旧世代のなかまなりしがこれでやっと今の世代のなかま入りせり

あけ方のつめたき空気からだじゅうに吸いこみて今日はしっかり生きん

灼くるごとののどの渇きてめざむれば冷蔵庫にあり甘夏ジュース

朝から三つもの忘れしてしくじってボケの深まり思いしるなり

これがまあフセインかと思うかくれ家の穴より出でし髯もじゃの顔

家紋と花紋

母系制の名残《なご》りとやいわん嫁《とつ》ぐ娘《こ》に母の家紋をもたす滋賀県の女《ひと》

父祖の家紋おもだかなれど我ひとり丹頂の鶴をわが花紋とす

くに

人類の滅亡への道ひた走るまつりごとびとら魂なきや

血を流す民には告げずとくとくと世界に向けていくさ説く国

本の中の本

柳田をもて熊楠を読み熊楠をもて多田富雄を読むおもしろさ

多田富雄中村桂子読みしのち水俣のこと読み直しせん

時は流るる

忙しさにかまけて心失いし健常者なりし昔の我は
ゆるやかに時は流るる車椅子と杖つく人らのみの社会に

『大石芳野写真集　アフガニスタン 戦禍を生きぬく』跋より

アフガンの子らやいかにとカメラ肩に飛び立つ友よよく帰りませ

うら若くうつくしき女道端にもの乞いすというアフガンの冬

大石芳野さんの土門拳賞受賞を祝って

ベトナムの子らの瞳凛《めりん》と撮《うつ》したる大石芳野の瞳《め》は凛凛と

二〇〇四年

かくれ家の窓より見ゆる赤きポストこの世とわれの細き懸橋

『邂逅』にはげまされしというあたたかき読者のたよりはげます我を

良寛の書を焼き付けし素朴なるせんべいを食みて寝る夜寒かな

高野悦子さん

肺血栓栓塞症というむつかしき病に克ちし友のやさしさ

こもごもに語りつづけしまる三日心ゆたかに声嗄れ果てつ

字はよめず眼痛みてにわかにもこの世の光失うらむか

思いがけぬことつぎつぎに襲いくるこの世の旅路終りに近く

すめらぎの古希を迎えし言の葉のすがすがしさに澄み渡る空

＊

＊

＊

眼球に大きな傷がありますと腑に落ちぬこと医師《くすし》はのらす

屋根の上の暈を被きし夜半の月うるめるが見ゆ我が瞳《め》のごとく

立ちどまり派兵反対話しあう老人ホームの井戸端会議

イラク派兵果ては徴兵思わする小泉首相の靖国参拝

身を離れ永久《とわ》に生くという魂とは何ぞと思い思いめぐらす

自分より大いなるものにあくがるる心を魂《たま》と呼ぶにあらずや

大いなるものにあくがれ歩みたる小さき足跡遺れ地上に

大いなる生命体という自然より生れてそこへ還りゆく幸《さち》

＊　＊　＊

我が老いの鏡とやいわんしばらくを相見ぬ人の変りし姿

荒き手とやさしき手とを感じ分ける草花のように介護さるる身

とろとろとからだ溶けゆく心地して夢より覚むる立春の朝

雲光り風光る春の陽光に藍霞みせる比叡の山の秀《ほ》

翼のべ空飛ぶ鳥を見つつ思う自由とは孤独を生きぬく決意

まる三日強きライトに曝されて眼霞みぬテレビはご免

あと二年見えたらよしと思い定めゆったりと読みゆったり書かん

昨日頼みし幸綱歌集今日とどき今日の一日を読むこの歌集

＊　＊　＊

峠一つ越ゆれば次の山の秀が見ゆる学びの道果てしなく

ファクスにて原稿送れば次の仕事机の上に埋もれありし

鶯の初音ききしと人らいえど籠りいて我いまだ聴かざり

雪どけの田のせせらぎに萌えいでしおらんだ芹のほろ苦き春

聳え立つ巌《いわ》また巌をひょいひょいと飛ぶが如くに移りゆく夢

吹き入りし雪に額をおおわれて白雪姫の清しき目覚め

＊＊＊

二〇〇四年三月十九日井上八千代さん逝去、その訃報をしる

たましいの舞を舞われし八千代師は天に昇りて舞い給うらん

鶯の初音をききし花曇りはやおとなびて正調に鳴く

山猿がかぼちゃ片手に逃げゆくを笑う農夫ら追いかけもせず

猿・人共生《きょうせい》

仏壇のまんじゅう喰《くら》いたたみの上かしこまってる小猿の姿

わが庭のうす紫のライラックを思えり白きライラックの香に

脚の痛みわれのみぞしる血圧も血液検査も良好なれど

遠山に霞立つこころまなかいに霞かかりて天地茫茫

＊　＊　＊

ホーホケキョホーオホケキョと冴えてなくここちよき朝鶯も我も

形よき巣を作りたる夫婦《めおと》燕雛に餌はこぶかわるがわるに

うす紅の竜宮月見草ゆらゆらと五月の雨にゆるるベランダ

川島とよ子さんより大露草と竜宮月見草（うす紅ぼかし）をいただく

海底に眠れるここちうす紅の竜宮月見草雨にゆれおり

四十年まり着馴れし衣《きぬ》の蘇芳《すおう》なお華やぎて老いをやさしくつつむ

朱金襴百合唐草の遠つ祖《おや》ペルシャ錦と知りしよろこび

いつ消ゆる生命かと思い心こめて語れば生命湧き出《い》づるごと

＊　＊　＊

のり出して巣より落ちるな燕の子頭ふりふりキョトキョトキョトと

嘴《くち》あけて子ら巣に待てり親燕はよ帰り来よ餌をたずさえて

子燕の胸毛は白く生えそろい日ごとに小さくなりゆくすまい

子燕は巣立ちたるらしつつがなく帰れ故郷へまた来る春に

鶯の声はと絶えて燕去りさびしき朝を鳴くほととぎす

蓮月の雅をうつしたる麩焼せんべい朱の盆に盛りひとり遊びす

宇治山にふさわしからぬ台風の風うそぶけり水無月二十日

九条はあれども堰となさざるを　なくては奈落へ雪崩れゆくらん

＊
＊
＊

子燕ら旅立ちしのち巣に入りて我がもの顔に棲みつく雀

親燕ただ黙々と精出して巣作りすなり軒の奥処に

新築の巣に棲む燕乗っとりし古巣の雀平和共存

ビデオ・デッキ　ベータとＶＨＳそろえしにまたＤＶＤ買わねばならず

能も舞も観にゆけぬ我いとせめて器械にて見ん「不知火」の能

泥水に埋もれてゆく心地して身動きならぬ熱帯夜かな

ぼぁーんとして眠き昼なり雨よ降れ雷よ鳴れ風吹き荒れよ

得意気に大統領のかたわらに立てる首相の危うき笑顔

＊　＊　＊

雷は鳴りひびけどもひびけども雨は降らせず宇治山を過ぐ

一滴の雨だに降らぬ宇治山を八大竜王見捨て給うや

一滴の雨だに降らぬ宇治山と大洪水の福井新潟

不均等配分の雨をかこちつつ寝《いね》がてにする熱帯夜の夜を

真夏日の草花のようにしおたるるしめきり過ぎし仕事かかえて

愛情もて育ている人のイタリアン・パセリの新芽ピンピンと立つ

京の寺の庵主さまより賜わりしひろうすの中のぎんなんの味

老いぼれて片身麻痺せる我にして日々ささやかなよろこびに生く

さびしさは我より若く秀でたる人ら我より先に逝くこと

＊＊＊

チクチクと痛みを覚え起き上る我が膝の上に寝そべる百足《むかで》

介護婦が百足を打ちて水葬す夜の宇治山待宵の月

百足よ百足吾《あ》を噛まざれば汝《なれ》もまた打たれざらんにあわれいたまし

いかにして共に生くべき山姥われ百足亀虫雀蜂らと

双腕と背中と五ヶ所嚙まれおり夜勤の医師《くすし》手当よろしき

無理すなと人は云えども無理せずば寝たきり山姥に我なり果てん

何のために生きているのかわからない寝たきりなんぞになってたまるか

患者らと死者ら集いて共に見る回生の祈り「不知火《しらぬい》」の能

＊　＊　＊

手足萎えどん底に落ちし我にして魂は高くめざす宇宙を

曼珠沙華赤と白とが並び立ち朝風にそよぎささやきあえり

沈みてのち大日輪は美しく雲を染め果ては深き藍甕

ベランダに芋と栗とを供えてぞひたすらに待つ十三夜の月

真夜中に目覚めてぞ見る十三夜の四角い月の宇宙照らすを

われもまた宇宙の一部十三夜の四角い月に照らされている

芋と栗供えて待ちし十三夜の月見て深き眠りに落ちぬ

役目終えし古冷蔵庫ベランダに置き歌稿などそろえ書類庫と化す

＊
＊
＊

朝六時ああよく寝たと目覚むれば呵呵と笑えり鴉は空に

朝一番宅急便にてとどきたる焼山栗は奥美濃の産

郡上紬商いし人しのびつつ食む山栗の味わい深し

人間の安全保障に励みたる緒方貞子は松の間に栄《は》ゆ

信太《しのだ》なる聖神社の尻深樫実を三つひろいとどけくれし女《ひと》

保名菊その面影をしのびつつ古老とともに佇つ狐坂

文楽の大夫もともに守りたる信太《しのだ》の森の尻深樫いとし
舞うことも歌詠むことも密教の修法の中《うち》と思い至りぬ

＊＊＊

先をゆきし大き小さき足跡を辿り辿りてこれまでは来し

千仞《せんじん》の谷を見下す巌登り夢ゆさむれば足萎えの我

身の丈にあわぬ車椅子二日にて手足こわばり我われならず

我が老いを映す鏡かしばしの間会わざる人の変りし姿

敗戦直後軽井沢の山小屋に冬籠りした日日を憶う

降り積みし雪を踏みしめ夜更けて厠へいそぐ月凍る宵

我が庭の金柑の実を食べに来しひよどりは窓に礼《いや》してゆきぬ

しきり鳴く鶯の声冴えわたり　鶯も我もここちよき朝

人権を高らかにうたう国にして戦をすれば捕虜虐待す

ひしひしと軍国日本に似てきたるその国を日本は手本とするや

朝は冬昼は真夏日夕《ゆうべ》秋一日《ひとひ》のうちに四季めぐる春

「ハラヘッタ」子は嘴《くち》あけて巣に待てりはよかえり来よ両親《ふたおや》燕

里の友が育てたくさぐさの香草を賜り食卓をにぎわす

みどりなすアスパラガスに金蓮花そえてたのしむひとりの昼餉

宇治山の水は涸れしか葭切の声聴かずして幾夏か経し

朝な夕な祖母の写真を拝みつつ祖母のみ魂の我に入りしか

大型で強い台風二三号は去って、すぐしらせがある。二四号の発生である

二十四日来るぞ来るぞと脚いたむ西へ向うとテレビは言えど

長保ちすと新品テレビすすむる人我命《わぎのち》幾何保つと思えや

インフルエンザ予防注射を打ちたればけだるくなりて吉野葛煮る

まんだらは古代インドの思想なれどエコロジーとおなじ原理にぞ立つ

まんだらとエコロジーを結ぶ糸しかとつかみてうれしき目覚め

来る年はまんだら思想とエコロジーの結びめ深くさぐりてゆかん

海外派兵

ぬかるみの道ふたたびか請わるるまま海外派兵に踏み出す日本

参議院に海外派兵禁止の動議出《いだ》せし父よよみがえれ今

山の鴉《からす》

山の鴉《からす》やさしく鳴けり都なる猛猛《たけだけ》しきと同類にして

山姥《やまんば》となりて九年《くとせ》をけみしたり都を恋うる心しもなき

心の闇

六月二日、長崎県佐世保小六女児同級生をカッターナイフで殺した

稚《おさな》くて友を殺《あや》めし女子《おみなご》の心の深き闇をこそ思え

ハイテクと心の闇の間《はざま》にて修羅惹き起こす地球遠近《おちこち》

イラクの大量破壊兵器

情報のあやまりをしかと認めたる苦渋に満ちたパウエルの顔

そのうちに見つかるでしょうといなしたる小泉首相の軽口の顔

二〇〇五年

夜たった二度しか起きず眠りたる正月二日の寝覚めすがしき

まだら雪向いの屋根にきらめきて正月二日の空に雲なし

心地よく目覚めし朝《あした》送り来し金子兜太の句に初笑い

いら立つないそぐなあせるなのんびりと仕事仕納めむ残んの命

あと二年あらば畢《おわ》ると思いても仕事ふくらむ初春の夢

つぎつぎにエアコンテレビ冷蔵庫寿命尽きゆく我命《わぎのち》のごと

＊＊＊

猫柳羽毛のような花ひらく朝日ひとすじ射し入るへやに

りんご一つ一本の手ですりおろすひとりの朝餉猫柳ひらく

ものごとのはじまりにして終りなる一という数おろそかにせじ

ものなべて床に落ちゆきゆくえしれず万有引力恨むたそがれ

にっちもさっちもゆかずなりたり車椅子我が室内《へやぬち》に我遭難す

＊ ＊ ＊

霙降る鈍色《にび》の空見あぐれば我が水晶体映す鏡か

虚空にて春と冬とがせめぎあう鼓動伝わる我が病む脚に

瓶《かめ》に挿す彼岸桜と馬酔木咲き山姥の庵は花盛りなる

伊予水木の枝すっくりと文机に腰蓑椿を装いて立つ

＊＊＊

雨に打たるる枝垂桜はうなじ垂れ落す涙の淡き紅

古典病負い重《おも》る身に今様の花粉症はらりとふりかかりくる

延命処置ことわり状をしたたむる窓辺に近く花散る気配

郡上紬あきないし人遺せしは長病みの妻といたわりの句と

郡上紬織り人と偲ぶひとしれず俳句をよみし谷澤幸男

法竜あて熊楠書簡三十八通発見されて死んではおられぬ

＊　＊　＊

柳田の民俗学のかくし味　家族にあてしヨーロッパ書簡

一生かけて読みきれぬほど書を求め家に送りし柳田国男

日本の民俗学のかくし味に買い込みし書は英仏独伊

夫人あての第一信はプリンストンのファイアストン図書館の写し絵なりき

熊楠の謎解きを競う若人ら集い来て老いに授くる希望

＊＊＊

眼《まなこ》霞み手足は萎えし身となれど生き貫かんと人は生れにき

「我感ず故に我あり」とデカルトは言うべかりしと言えり今西錦司

テナカスはオランダ王立気象台長官

ゆくりなく同じ惟《おも》いに至りたるオランダのテナカス日本の今西

よくもまあこんなに長く生きたりと弟妹《はらから》集い寿《ことほ》ぎくるる

ことほぎの宴の窓ゆ見遥かす東寺の塔は昏れなずみゆく

＊
＊
＊

夢中になって仕事するより乗りこゆるすべなき足の痛みは宝

此の世より遠ざかりゆくその刻《とき》に眼に見ゆるもの何にてあらん

天井に楝《おうち》の花の咲きしという今際《いまわ》愉しき熊楠の一生《ひとよ》

瀧に打たるる心地こそすれベランダに居眠りおれば雷雨襲い来

ベランダに出でて息吸う水面に口あけている金魚の如く

インド回想

悠久のガンジス河のほとりにて遺体焼く煙と沐浴の祈り

悠久のガンジス河の流れにて人は生き死に死して又生く

若き日に旅先に見し風景は生死のことを今思わする

ニューデリー

オリッサの絹絵絣とラジャスタンの綿更紗とは一堂にあり

＊＊＊

今日死ぬか明日は死ぬかと思うなり病む足痛み寝《いね》がての夜々

台風が遠いところで生れたと足が知らする病みてしあれば

人間の地球いじめの報いとぞ思うハリケーン台風襲来

みな殺しのいくさに勝者はなきものをいくさに狂う人も地球も

日本の政治にはじめてあらわれしデマゴーグ憂え見守る選挙

ナースコールひたすら押して救い待つ我が室内《へやぬち》に我遭難す

おろかなる宰相二人連れ立てて自滅の道をひた走りゆく

＊＊＊

教授二人肩にかつぎて賜いしはプリンストンの池の大鯉

ユダヤ教のまんだらとインドの「まんだら」と古代思想は通底するや

余韻残し帰りし後に再読す金子兜太と皆子の句集

鬱病にならざる我をいぶかしみ名付けて医師は軽躁病という

＊
＊
＊

老病死最後に賜うたからもの命耀う季《とき》とこそ知れ

遺す言《ことば》 力尽くして語り了え魂《たましい》 空《くう》に解き放たるる

水一滴チョコ一粒も口にせず一時《ひととき》半を語り了せぬ

朝餉支度しながら居眠りしたらしい何か焦げつくスープ焦げつく

魂の抜け殻となりスープ焦がす我を笑えり朝焼け鴉

「母の歴史」書きし娘は母となり育てし伊那のりんごの香り

イラク戦の「大義」のあやまり認めたるパウエルの辞表細き清流

＊＊＊

機械という文明の利器はあてにせず我は生きてゆくべし障害者我

倒れてのち風邪ひかざりし山姥の十年経ぬればくしゃみ鼻みず

風邪ぎみに籠れるへやに由布院ゆ贈られし柚子の香の立ちのぼる

鳥も啼かず飛ばざる空の鉛いろ力も尽きて師走迎うる

山巡りせぬ山姥のなれの果て窓ゆ眺むる空の変容

贈りくるいろんなくにのチョコレートに山姥の庵は日日クリスマス

まんだらとエコロジーとが出会いたる萃点《すいてん》に立つ旅の終りに

遺すことば

これがこの世との別れとありったけの力ふりしぼり語り納めぬ

我が去りし後の世に遺すことばとて九条を守れまんだらに学べ

寒の戻り

もう死ぬかまだ死ねないかと独り言ちゆっくり食《とう》ぶ野菜スープを

寒の戻り明日は来るぞと心して客人《まろうど》と交わす九条談義

遥拝

宰相はひとりしずかに靖国を遥拝すべし不戦の誓い

雷鳴が伴いてこし通り雨しばし息づく草木も人も

デマゴーグ

聴衆は火の玉となり燃え上りデマゴーグに煽《あお》られ思考停止す

みなごろしのいくさに進む道ならし九条廃棄の国会審議

二〇〇六年

我という地層を深く掘りゆけば原初のわれは山姥ならん

我という地層を深く掘りゆけば生きものの祖先にたどりつくならん

郡上紬の深き紫紺になずみゆく心の色は山姥のいろ

＊＊＊

一人去り二人去りまた三人去りて皆新しき食卓仲間

どっこも悪くないのにとつぶやきつつ薬飲みし人疾く逝きましぬ

忽然と逝きにし人の遺したる壁のちぎり絵色清かなる

たった二度起きたっきりで目覚むればもう朝六時　我が新記録

新記録出でたる朝の嬉しさに介護士と乾盃りんごジュースで

新記録出でたる朝の嬉しさは普通の人になりたる心地

数え年と満と二つの齢ありて有難きかな二度目の米寿

蟷螂《とうろう》の斧とは思え蟷螂の斧高くこそかかげつづけん

＊
＊
＊

はじめての俳句を詠みし老農夫雪降る庭の雀と語りつ

雪解けの田のせせらぎに萌え出でしオランダ芹のほろ苦き味

みどり深き樹海の上にふんわりと雪を被《かず》きて浮かぶ愛宕嶺

三十六キロのわれよりかなり重からん介護女《びと》われにのしかかりくる

突っ張りし我が病む足はしくしくしくしくまだ泣きやまず一日経ぬれど

介護女《びと》の手荒きを憎む心しずめ曼荼羅の知恵に学ばんとする

八十八年使い古しし身体の部品ぼろぼろでも生きている

太洋《おおうみ》のゆきもかえりも同じ船に乗り合せたる人の訃をきく

＊
＊
＊

母の晴着きせやりし娘《こ》はスニーカー穿きて帰り来《く》成人式より

朝冷えの庭にほんのり漂える春呼ぶ色香まんさく蠟梅

弱きものを切り捨ててゆくまつりごと火の粉ふりまく山姥の身に

ふりかかる火の粉を払い払いのけ背筋をぴんと生きてゆかまし

「花恋《はなこい》」の人花を待ち昇天す夫《つま》の一声《ひとこえ》耳に納めて

＊　＊　＊

朝は真冬　昼は真夏　と狂いたる地球に狂う我が病む足も

山の花野の花を持ちて女ら来り春風そよぐ山姥の庵《いお》

糸を垂れ浦島草はうらうらと釣るやま白きかたくりの花

咲き分けの五色椿はつやつやと春の陽運ぶ山姥の庵に

ベランダに白雪芥子の花鉢を置きて待ちおり十六夜の月

遍路道歩む心地に新宮の鈴焼を食む宇治の山姥

＊＊＊

台風をひき連れて来し走り梅雨しんしんと撃つ我が病む足を

梅雨の朝冴《さ》え冴《ざ》えと見ゆ千鳥草《そう》花せんのうの紫と白

夫婦《めおと》燕巣籠りすらし雛の声いまだ聞かざり日々見上ぐれど

ゆきは石楠花《しゃくなげ》かえりは鉄線《てっせん》見て戻る診療所通い楽しみのうち

＊＊＊

昨日《きぞ》の夜死ぬかと思え目覚むれば朝の日は差すまだ生きてあり

我が痛みどしゃ降りになりても晴間出でても曇りても我を去ることはなし

私は痛み　痛みは我　痛みあるから生きてると思えど痛みたえがたきかな

もののけになりゆく道の道すがらまだ生きているその方がまし

＊＊＊

羽根をひろげ窓にはりつく黒揚羽《あげは》透かして見ゆる空の藍いろ

風吹けば羽根震わせど触角が網戸に絡み飛び立てぬらし

睨めっこ飛び立ち難き蝶の眼と身動きならぬ車椅子の我

さまざまの病いを体が味わいて味わいきれず死にゆくらんか

経絡を修めたまいし指圧師の手が呼び覚ます命の気流

萎えし身も心もホカホカあたたまる命の気流呼び覚まされて

笑いつつ感動しつつうなずきつつ『金子兜太養生訓』読む

はじめてのカップラーメンおいしかりプリンストンの雪踏みしめて

＊
＊
＊

北風は戸の外《も》に吹けど我が居間に山つつじ咲き今ここは春

十ダースのつぼ刺激足袋贈られて死ねぬと思う穿きつぶすまで

アスパラガス　セロリ　にんじん　一本の手もて刻みてスープを作る

我が想いかいなより出で筆に流れことばとなりて我を生かしむ

有難し働き者の右手利きもの言うことのなお自由あり

自分で自分の体動かすことが出来なくなりぬすべておまかせ

天井に壁にひかりの微粒子飛び小さき白き花ゆらぎおり

眠たけれど眠れぬ夜の苦しさに痛みにたえてただうとうとと

人間の最期の悲惨いかにして乗り越ゆるかと思いめぐらす

何かに摑まっていないとこのまんま飛んでゆくかと不安になりぬ

おもいっきり行儀を悪くしてお粥一椀食べてしまえり

CTスキャンをとりに病院への道で。最後の外出（章子記）

久々に濃みどりさみどり薄緑五月の森の風景を見る

この世をばさかりゆく時何が見え何が聞ゆかその刻《とき》を待つ

朝な朝な生きていること確認し昼を生きつぐ

一本の手を欠き一本の手をもて歌かき文を書き林檎すりおろし一本の手は我が宝

ナースコール押せども鳴らずこの世ともつながり切れし思いこそすれ

ここで死ぬか部屋に帰って死ぬか主治医にさえも私にさえもわからない

多田富雄氏の新作能「原爆忌」

水飲めぬ日々の痛苦を招代《おぎしろ》に被爆者の霊を招び寄せたまう

原爆碑に向い祈れる多田富雄自作の能を舞うがごとくに

海のいのち

水俣のヘドロの海に山をなすヘドロ捨てんとたくらむは誰《たれ》

よみがえる海の命を念じつつ「もやい直し」す水俣人《みなまたびと》ら

予兆

政人《まつりごとびと》いざ事問わん老人《おいびと》われ生きぬく道のありやなしやと
ねたきりの予兆なるかなベッドよりおきあがることできずなりたり

岐路

宇治川の岸辺の桜雹《ひょう》に打たれ散らずしずかに咲き継ぎてゆく

ハドソンの朝川辺《べり》に二十四の我が春舫《もや》い遠き旅立ち

岐路に立ちし二十四の我この道を選びしことをうべなう現在《いま》は

八十八歳現在《いま》あるところにしかと立ち振りかえりみん二十四の我

もう一つの道はどんな道根なしの草のさすらい人となり果てん道

南方《みなかた》にも又水俣《みなまた》にも出合うことのなからんと思う虚しかる道

吉田東伍「倒叙日本史」見習いて試してぞみん倒叙自伝を

生類の破滅に向う世にありて生き抜くことぞ終《つい》の抵抗

遺言——内山章子「病床日誌」より

わが生命右手より出でさらさらと筆に流れて歌とはなれり

有難し右手が残りものを云う声なおすこやかにして

おどろおどろしきもの人の心の底に我が心にもありし日を思う

新しき今日の一日を生かされん窓より朝日差し入るを見る

山茱萸《さんしゅゆ》の枝はそよげり朝は強く昼は静かに

辞世

七月十日「山茱萸の緑は私自身なの」

もう死にたい　まだ死なない　山茱萸の緑の青葉朝の日に揺れているなり

七月二十四日、辞世「痛みがだんだん止まってきた。私にしては静かすぎるかな」

そよそよと宇治高原の梅雨晴れの風に吹かれて最後の日々を妹と過ごす

葬送の記

鶴見俊輔

鶴見和子は、自分が死んだら海へ、と遺言した。

姉の死後、京都ゆうゆうの里で葬式を終えてから、葬送の自由をすすめる会のお世話を受けて、十月二十三日、和歌山港に遺族五名が集まり、葬送の会からの二名とともに紀伊水道に向かった。

和子は、南方熊楠の研究をしており、熊楠ゆかりの神島の近くに散骨することを望んでいた。

当日は雨。

天候にさまたげられることは、数日前からあやぶまれていたが、予定の所についたころには、さまたげというほどのことはなかった。

広い見晴らしがあり、遺灰とともに、さまざまの色あいの花びらを撒くことができた。あたりを一巡し、花びらにとりまかれた葬送の場所をたしかめた。

私たち遺族五人にとって、はじめての経験であり、儀式であった。八十年あまりを、ともに生きた私にとって、心に残る終わりであった。儀式を領導された葬送の会世話役の方がたに感謝します。

人間の葬儀は、やがてこの方向に向かうものと信じます。鶴見和子個人にもどって考えると、和歌をつくる人として、『古今集』仮名序に紀貫之がのべたように、和歌を支えるものみなの生命に自分も流れ入る儀式であった。アニミズムを自分の哲学として選んだ人にふさわしい。

（「葬送の自由を守る会」会誌『再生』より転載）

解説

佐佐木幸綱

一

本歌集『山姥』は鶴見和子の最終歌集である。

鶴見さんはこれまでに三冊、歌集を出しておられる。第一歌集『虹』（一九三九年刊）は、二十一歳の年のアメリカ留学以前の作を収める。第二歌集『回生』、第三歌集『花道』は、一九九五年の暮れに脳出血で倒れられて以後の作を収録した歌集である。この『山姥』は、『花道』刊行以後に「心の花」「環」「朝日新聞」等に発表された作、および鶴見さんのノートに書かれていた作品をまとめたものである。

「心の花」は、一八九八年（明治三一）に佐佐木信綱によって創刊された短歌雑誌で、鶴見さんは十代の終わりに参加して以来、短歌はずっと「心の花」を主要な発表の場として来られた。作歌を中断している間も、千号記念会、創刊百年記念会等の「心の花」の会合には参加されてきた。脳出血以後、爆発的に短歌を詠むようになられてからは、毎月欠かさずに「心の花」に作品を発表して来られた。

私は、「心の花」編集長をしている関係で、鶴見さんのできたての歌を毎月読ませてもらってきた。そんな縁もあってこの解説を書かせてもらうこととなった。

ノートに残された未発表作品は、藤原書店編集部、「心の花」の佐佐木朋子が原稿を判読し、整理し、ワープロで起こした。それを私が全体的に目を通した。

配列は九九年から〇六年まで年代順とし、各年ごとの作品は、分かる限り制作時期の順とした。制作時期が分からない作も多く、配列は厳密なものではない。

詞書はすべて、発表時に付されていたもの、およびノートにあったものをそのまま生かした。アステリスクは、雑誌発表時の一連、ノート記載時の一つながりを示す目安として入れた。雑誌発表時に、一連の中にまったく別の題材がうたわれているケースもあり、月をへだてて同じ題材の歌がノートに書かれている場合もあった。そうしたケースも分割したりまとめたりすることはしなかった。つまり題材ごとにまとめる、といった作業はあえて避けた。その方が、作者がその時に作品に託そうとした思いが直接的なかたちで読めるだろう、と判断したからである。

二

「心の花」には、毎月八首(投稿は八首以内の約束)、鶴見さんは欠かさずに自筆の歌稿を送って来られた。晩年は、小さな字が書きにくかったのだろう、筆ペンの字で、原稿用紙のマス目をはみ出す大きな字で書かれていた。最後に「心の花」に載ったのは二〇〇六年九月号。七月三十一日に逝去されているから、まさに最後まで投稿をつづけられたわけである。さすがに最後の二ヶ月分は妹の内山章子さんの字だった。

本集に自身の字をうたった作がある。

信綱大人《うし》は活版屋の小僧のような文字といいつつ読み給いけり我が詠草を
先生をしのびつつわれ活版屋の小僧の文字を今も書きおり

鶴見さんは若いころ、佐佐木信綱に歌を添削してもらっていた。歌を書いた原稿を本郷西片町の信綱の家に持参する。信綱は作者と対面しつつその場で詠草に朱を入れる。前者は、半世紀以上たってから、その折のことを思い出しての作である。

毎月八首を「心の花」に投稿していただけではなく、晩年の鶴見さんはしじゅう短歌のことを考えておられたらしい。前に記したノートというのはB6判のノートで、日記とメモ帳を兼ねた作歌ノートなのだが、そこには連日のように短歌および短歌の断片が書かれていた。

まず短歌は、歩くのが不自由になった自身への応援歌であったようだ。

その日その日歩く稽古す残されし短き刻《とき》をよく生きんため

冒険せねば呆けゆくのみひたすらに死ぬまで冒険せんとぞ思う
何のために生きているのかわからない寝たきりなんぞになってたまるか
翼のべ空飛ぶ鳥を見つつ思う自由とは孤独を生きぬく決意

くじけそうになる自身を、こうして励ましながら、リハビリをつとめておられたらしい。鶴見さんの生き方そのものの息づかいのようなこれらの歌は、高齢化社会を生きる私たち読者をも励ましてくれる。
作歌はまた、その日その日の自分を見つめる方法でもあった。

片手もて顔を洗えばひそやかに水の音する朝のしじまに
ものなべて床に落して拾いあげまた落しては一日暮れゆく
京の寺の庵主さまより賜わりしひろうすの中のぎんなんの味
天井に壁に光の微粒子飛び小さき白き花ゆらぎおり
三色すみれの花陰にして鶯は眼《まなこ》を閉じて天を仰げり
自らの力でベッドに起き上りおどろいている枕辺の薔薇

日々の生活の中の小さな起伏を丁寧にうたったこれらの歌には秀歌が多い。たとえば、顔を洗うという行為、ものを拾うという行為を通して、自身の命が見つめられているからだろう。

こうした生活の中のあれこれをうたう歌の中に、植物、動物、人間といった区別がない、それぞれの境界が溶けている感覚をうたった作がある。終わりの二首などがそうだ。これらは、『回生』以後の鶴見さんの歌に見られる独特のアニミズムの感覚をうたっていると見ていいだろう。

三

歌集名の『山姥』は、鶴見さん自身が考えておかれたタイトルである。

歌集の冒頭に「熊野原生林を歩む」との詞書のある一連があり、タイトルはそれによっている。

山姥の白髪《しらが》といえる苔いくすじ滝壺の風にたなびきており
山姥われ　よし足曳きの山巡りいづくの雲に消えんとすらん

南方熊楠ゆかりの熊野の山に紛れ込むようにして、この世を終わりたいという願いをうたっている。私も昨年、はじめて熊野原生林を少し歩いた。熊楠が粘菌を探して歩いたという谷を歩き、陰陽の滝という滝も見た。鶴見さんもまた、そんな谷を歩き、山の中の滝を見られたにちがいない。その思い出に立っての山姥幻想がこのタイトルを選ばせたのである。

遠野なる山姥は崖の辺に立ちて黒髪梳くなり夕日浴みつつ
遠野熊野山姥ふたりあいまみえ物語りせばおかしきものを
猪も鹿も棲むという七沢にわれ住みつきて山姥となる

不思議かつ華麗な幻想をうたう一首目は、集中の佳品の一つである。山姥幻想は鶴見さんの心に棲んで、日々さまざまな楽しい波紋を広げていたようである。

鶴見和子の歌の特色は、人柄そのものが短歌になっていることである。鶴見さんご自身の一生がそうであったように、この歌集も、多くのいい読者とめぐりあって、末永く読まれることを期待したい。

二〇〇七年十月九日

著者紹介

鶴見和子（つるみ・かずこ）

1918年生。上智大学名誉教授。専攻・比較社会学。66年プリンストン大学社会学博士号を取得。69年より上智大学外国語学部教授、同大学国際関係研究所員を務める（82-84年、同所長）。95年南方熊楠賞受賞。99年度朝日賞受賞。15歳より佐佐木信綱門下で短歌を学び、花柳徳太郎のもとで踊りを習う（20歳で花柳徳和子を名取り）。1995年12月24日、自宅にて脳出血に倒れ、左片麻痺となる。2006年7月31日歿。著書に『コレクション鶴見和子曼荼羅』（全9巻）『歌集 回生』『歌集 花道』『鶴見和子・対話まんだら』『遺言』（以上、藤原書店）など多数。

歌集《かしゅう》 山姥《やまんば》

2007年 10月30日 初版第1刷発行©

著　者　鶴見和子
発行者　藤原良雄
発行所　株式会社 藤原書店

〒162-0041 東京都新宿区早稲田鶴巻町523
電　話　03（5272）0301
FAX　03（5272）0450
振　替　00160-4-17013

印刷・製本　図書印刷

落丁本・乱丁本はお取替えいたします
定価はカバーに表示してあります

Printed in Japan
ISBN978-4-89434-582-9

「人生の達人」と「障害の鉄人」、初めて出会う

米寿快談
〈俳句・短歌・いのち〉

金子兜太
鶴見和子
〈編集協力〉黒田杏子

反骨を貫いてきた戦後俳句界の巨星、金子兜太。脳出血で斃れてのち、短歌で思想を切り拓いてきた鶴見和子。米寿を前に初めて出会った二人が、定型詩の世界に自由闊達に遊び、語らう中で、いつしか生きることの色艶がにじみだす、円熟の対話。　**口絵八頁**

四六上製　二九六頁　**二八〇〇円**
（二〇〇六年五月刊）

短歌が支えた生の軌跡

歌集 回生

鶴見和子
序・佐佐木由幾

脳出血で斃れた夜から、半世紀ぶりに迸り出た短歌一四五首。著者の「回生」の足跡を内面から克明に描き、リハビリテーション途上にある全ての人に力を与える短歌の数々を収め、生命とは、ことばとは何かを深く問いかける伝説の書。

菊変上製　一二〇頁　**二〇〇〇円**
（二〇〇一年六月刊）

『回生』に続く待望の第三歌集

歌集 花道

鶴見和子

「短歌は究極の思想表現の方法である。」――大反響を呼んだ半世紀ぶりの歌集『回生』から三年、きもの・おどりなど生涯を貫く文化的素養と、国境を超えて展開されてきた学問的蓄積が、脳出血後のリハビリテーション生活の中で見事に結合。

菊上製　一三六頁　**二八〇〇円**
（二〇〇〇年二月刊）

珠玉の往復書簡集

邂逅（かいこう）

多田富雄・鶴見和子

脳出血に倒れ、左片麻痺の身体で驚異の回生を遂げた社会学者と、半身の自由と声とを失いながら、脳梗塞からの生還を果たした免疫学者。二人の巨人が、今、病を共にしつつ、新たな思想の地平へと踏み出す奇跡的な知の交歓の記録。

B6変上製　二三二頁　**二二〇〇円**
（二〇〇三年五月刊）

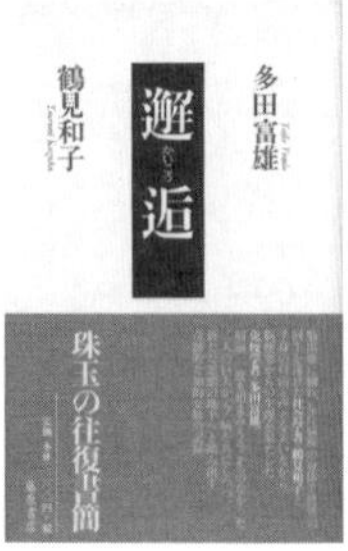

『機』誌の大人気連載、遂に単行本化

いのちの叫び

藤原書店編集部編

生きている我われ、殺された人たち、老いゆく者、そして子どもたちの内部に轟く……生命への叫び。

森繁久彌／金子兜太／志村ふくみ／石牟礼道子／高野悦子／金時鐘／小沢昭一／永六輔／多田富雄／中村桂子／柳田邦男／加藤登紀子／大石芳野／吉永小百合／鎌田實／町田康 ほか

［附］鶴見和子／高銀／I・イリイチ ［カバー画］堀文子

四六上製 二二四頁 二〇〇〇円（二〇〇六年一二月刊）

韓国が生んだ大詩人

高銀詩選集

いま、君に詩が来たのか

高《コ》 銀《ウン》

金應教編 青柳優子・金應教・佐川亜紀訳

自殺未遂、出家と還俗、虚無、放蕩、耽美。投獄・拷問を受けながら、民主化・統一に生涯をかけ、朝鮮民族の運命を全身に背負うに至った詩人。やがて仏教精神の静寂を、革命を、民衆の暮らしを、民族の歴史を、宇宙を歌い、遂にひとつの詩それ自体となった、その生涯。

［解説］崔元植 ［跋］辻井喬

A5上製 二六四頁 三六〇〇円（二〇〇七年三月刊）

『苦海浄土』三部作の要を占める作品

苦海浄土 第二部 神々の村

石牟礼道子

第一部「苦海浄土」、第三部「天の魚」に続き、四十年を経て完成した三部作の核心。『第二部』はいっそう深い世界へ降りてゆく。それはもはや（…）基層の民俗世界、作者自身の言葉を借りれば『時の流れの表に出て、しかとは自分を主張したことがないゆえに、探し出されたこともない精神の秘境』である」（解説＝渡辺京二氏）

四六上製 四〇八頁 二四〇〇円（二〇〇六年一〇月刊）

東西の歴史学の巨人との対話

民俗学と歴史学

（網野善彦、アラン・コルバンとの対話）

赤坂憲雄

歴史学の枠組みを常に問い直し、人々の生に迫ろうとしてきた網野善彦とコルバン。民俗学から「東北学」へと歩みを進めるなかで、一人ひとりの人間の実践と歴史との接点に眼を向けてきた著者と、東西の巨人との間に奇跡的に成立した、「歴史学」と「民俗学」の相互越境を目指す対話の記録。

四六上製 二四〇頁 二八〇〇円（二〇〇七年一月刊）